Jo Pestum

Tobi und die blauen Stürmer

Jo Pestum
studierte Malerei und ist seit 1970 als Schriftsteller und Film-, Funk- und Fernsehautor tätig.
Er schreibt Kinder- und Jugendbücher, Romane, Kriminalgeschichten, Satiren, Lyrik, Drehbücher und Hörspiele.

Weitere Arena-Bücher von Jo Pestum:
»Tobi und die rosa Teufel«
»Murmelmann und die Traumflugmaschine«
»Der rote Ziegenbock« (Benziger Edition im Arena Verlag)
»Maja und der Hausaufgaben-Trick« (Benziger Edition im Arena Verlag)
»Lillilu liebt starke Tiere« (Taschenbuch Band 2051)
»Luc Lucas«-Taschenbücher (Band 1701-1710)

Birgit Rieger
studierte Psychologie, Soziologie und Grafik-Design.
Seit 1976 arbeitet sie als Grafikerin und Illustratorin in Berlin.

Jo Pestum

Tobi und die blauen Stürmer

Mit Bildern von
Birgit Rieger

Arena

Die Deutsche Bibliothek – CIP-Einheitsaufnahme

Pestum, Jo:
Tobi und die blauen Stürmer / Jo Pestum.
– 4. Aufl. – Würzburg: Arena, 1996
ISBN 3-401-04484-2

4. Auflage 1996
17.–21. Tausend

Einband und Illustrationen: Birgit Rieger
Reihengestaltung: Karl Müller-Bussdorf
Gesamtherstellung: Westermann Druck Zwickau GmbH
ISBN 3-401-04484-2

Als Tobi fast ein Held war

Diese Geschichte von Torwart Tobi und seinen fußballverrückten Freunden und Freundinnen handelt in Billerbach. Aber weil nicht jeder das Dorf Billerbach kennt und weil nicht jeder weiß, daß Tobi fast zu einem Helden wurde, als er mit seinen Eltern, seiner Schwester Cordula und dem Boxerhund Ben aus der großen Stadt in das schöne Fachwerkhaus in Billerbach umzog, also, darum sind zwei wichtige Vorbemerkungen nötig.

Erstens: Seinen Namen hat das Dorf Billerbach von dem breiten Billerbach, der fließt in südlicher Richtung mitten durch das Dorf und teilt es in beinahe gleich große Hälften. Die linke heißt Unterbillerbach und die rechte Oberbillerbach. Doch genaugenommen ist es die schreckliche Bundesstraße, die das Dorf zerteilt. Direkt neben dem Billerbach verläuft sie. Da sausen und knattern und dröhnen und knurren schwere Stinkelaster, Personenwagen, Motorräder, Busse und Trecker, und oft muß man lange am Straßenrand warten, wenn man die Bundesstraße überqueren will. Und so bleiben die Unterbillerbacher meist auf ihrer Straßenseite und ihrer Dorfseite und die Oberbillerbacher auf ihrer Straßenseite und ihrer Dorfseite. Die Schule und die Kirche und das Rathaus: die gibt es nur einmal in Billerbach. Alles andere gibt es doppelt, nämlich in Unterbillerbach und in Oberbillerbach: Wirtshäuser, Einkaufsläden, Sparkassen, Frittenbuden und Fußballplätze für die Kinder.

Zweitens: Seit Jahren gab es den Brauch, daß die Kinder aus Oberbillerbach und die Kinder aus Unterbillerbach gegeneinander Fußballspiele austrugen. Frau Lienenbeck, die Lehrerin der vierten Klasse, fand das ganz furchtbar. Wie sollte es zu einer guten Klassengemeinschaft kommen, wenn die Mädchen und Jungen aus Unterbillerbach und die Mädchen und Jungen aus Oberbillerbach sich gegenseitig wie Gegner behandelten! Immer wieder stiftete jemand von den Geschäftsleuten einen funkelnagelneuen Fußball, und den durfte die siegreiche Mannschaft behalten. Doch ob auf dem kleinen Platz der Fußballspieler aus Oberbillerbach oder auf dem kleinen Platz der Fußballspieler aus Unterbillerbach gekickt wurde: die Mannschaft aus Unterbillerbach gewann in der letzten Zeit jedes Spiel haushoch. Aber dann kam Tobi nach Oberbillerbach. Tobi, die Torwartkatze! Da änderte sich alles. Das entscheidende Spiel ging unentschieden aus. Fast wäre Tobi sogar zum Helden ernannt worden, aber nur fast. Denn weil er trotz Cordulas Mahnung vor dem Spiel die halbe Vorratskammer und den ganzen Kühlschrank leergefuttert hatte, wurde ihm schlecht, und er ließ einen Kullerball ins Tor trudeln. Aber als die Unterbillerbacher schon jubelten, hielt Tobi zwei Sekunden vor Spielschluß einen Strafstoß von Uwe und rettete das Unentschieden.

Und dann griff Frau Lienenbeck ein. »Schluß mit dem Unsinn!« sagte sie. »Der neue Fußball gehört nun allen Spielerinnen und Spielern aus Billerbach gemeinsam. Bildet jetzt gefälligst auch eine gemeinsame Mannschaft, ihr Oberbillerbacher und Unterbillerbacher! Vielleicht könnt ihr dann gegen die Kinder aus Havixbach spielen. Die haben sogar einen richtig großen Fußballplatz.«

Die Idee gefiel allen. Eine große Mannschaft machen mit elf Spielerinnen und Spielern, das war doch was! Auf den kleinen Plätzen in Billerbach konnte man ja nur zu fünft eine Mannschaft bilden – wie beim Hallenfußball.

Und so wurden aus den einstigen Gegnern Mannschaftskameraden. Tobi, der Torwart der Oberbillerbacher, und Uwe, der beste Stürmer der Unterbillerbacher, waren bald sogar Freunde. Gemeinsam träumten sie davon, vom Bundestrainer für die Fußballnationalmannschaft entdeckt zu werden.

Aber Michael, der zum Trainer der Billerbacher Kindermannschaft ernannt wurde und der außerdem Uwes großer Bruder war, holte die beiden Träumer wieder von Wolke sieben herunter und erklärte ihnen: »Bildet euch mal bloß nichts ein, ihr Clowns!

So tolle Fußballspieler seid ihr noch lange nicht. Ich hab die Havixbacher spielen sehen. Eine ganze Nummer sind die besser als die Billerbacher. Wenn ihr gegen die gewinnen wollt, müßt ihr noch mächtig trainieren. Ich garantiere euch: Ab jetzt wird eine Menge Schweiß fließen!«

Und Cordula, die das Konditionstraining der Mannschaft übernahm und die außerdem Tobis große Schwester war, fügte drohend hinzu: »Ihr seid alle noch viel zu steif in den Gelenken und offensichtlich völlig falsch ernährt. Da brauche ich mir ja

nur den pummeligen Jonas und meinen verfressenen Bruder Tobi anzuschauen. Ab heute ist Gymnastik angesagt. Und wer bei der Körperschulung nicht ernsthaft mitmacht und wer sich nicht an meinen Ernährungsfahrplan hält, der hat auch keine Chance, in die gemeinsame Billerbacher Mannschaft aufgenommen zu werden. Daß das mal klar ist!«

»Aber ich habe einen Mordsschuß!« protestierte Jonas.

»Abwarten«, sagte Michael kühl. »Der Schuß allein macht noch keinen guten Fußballer. Mannschaftsdienlichkeit, darauf kommt's vor allem an. Fußball ist ein Mannschaftsspiel und keine Ein-Mann-Show. Habe ich mich klar ausgedrückt?«

»Eins-zwei-drei-vier!
Superchampions, die sind wir!
Fünf-sechs-sieben-acht!
Alle werden plattgemacht!«

Da bebte sogar die Erde. Jedenfalls ein bißchen.

Stöpsel ist nicht Maradona

Das war ein lustiger Vormittag in der Schule! Frau Lienenbeck hatte eine Geschichte aus einem Buch vorgelesen, die handelte von lilafarbigen Leuten auf dem Wortverdreher-Stern, die alle Wörter verkehrt herum sagten. Und dann durften die Kinder die Erzählung weiterschreiben, jeder auf seine Weise. Da konnte man die Phantasie herrlich spielen lassen.

Noch ein bißchen aufgekratzt und albern redeten und lachten Tobi, Elisabeth, Jonas, Rita, Pitter und Stöpsel durcheinander, als sie über die Sankt-Nepomuk-Brücke den Billerbach überquerten. Im Gänsemarsch schlenderten sie die Mühlenstraße hinauf.

»Ich bin ein Wortverdreher!« rief Pitter. »Seht ihr, daß meine Haut ganz lila ist? Los, sagt mir: Was ist Gniddup?«

Tobi konnte da nur müde lächeln. »Na, was wohl, du Dlobztiw!«

»Ich hab Regnuh!« kreischte Stöpsel.

Elisabeth mit der Krusselfrisur sagte plötzlich in das Gekicher hinein: »Wer von uns kommt denn wohl in die neue Fußballmannschaft?«

Tobi war sich seiner Sache sicher. »Also, ich auf jeden Fall. Oder kennt ihr jemanden aus unserer Klasse, der so toll hechten und fausten kann wie ich? Ich halte meinen Kasten immer sauber, das solltet ihr ja wohl wissen. Die schärfsten Schüsse drehe ich locker um den Pfosten. Ich fange die Bälle sogar mit geschlossenen Augen. Ein Naturtalent, das bin ich.«

»Ein Angeber bist du!« fauchte Jonas.

Tobi ballte die Fäuste. »Sag das nicht noch einmal, Dicker!«

Jonas ballte ebenfalls die Fäuste. »Und sag du nicht noch einmal Dicker zu mir!«

Rita stellte sich zwischen die beiden Kampfhähne. »Spinnt ihr? Müßt ihr Jungs euch immer wie die Kannibalen beharken? Ich glaube, ihr habt nur Matsche im Gehirn. Eure überschüssigen Kräfte solltet ihr lieber beim Training abreagieren.«

»Das hast du aber prima gesagt, Rita!« Stöpsel staunte.

»Er hat mich Dicker genannt!« Jonas zeigte auf Tobi.

»Er hat Angeber zu mir gesagt!« Tobi zeigte auf Jonas.

Elisabeth baute sich vor Tobi auf. »Manchmal bist du auch so richtig ein Angeber. Als ob du der einzige gute Torwart auf der ganzen Welt wärst, so spielst du dich auf. Der Mehmet aus Unterbillerbach, der kann auch super halten. Paß nur auf, der ist 'ne Riesenkonkurrenz für dich!«

Tobi versuchte, überlegen zu lachen, doch es gelang ihm nicht richtig. Da spukte auf einmal ein äußerst ärgerlicher Gedanke in seinem Kopf herum. Sollte der Michael den Mehmet am Ende für den besseren

Torwart halten? Tobi gab sich einen Ruck. Das wäre doch ein Witz! Er sagte: »Wißt ihr, wie mich meine Mannschaftskameraden in der Stadt genannt haben?«

Da riefen Jonas und die anderen spöttisch im Chor: »Tobi, die Torwartkatze! Bäääh!«

Tobi schwieg beleidigt.

»Mich wird der Michael auf jeden Fall in der Mannschaft spielen lassen«, erklärte Elisabeth. »Kopfballspezialistinnen werden immer gebraucht. Außerdem bin ich große Klasse, was die Technik betrifft. Ballbehandlung und so.«

Pitter warf sich in die Brust. »Und gibt es einen härteren Verteidiger als mich? Was meine Steilpässe betrifft, also, die sind erste Sahne. Das müßt ihr zugeben.«

»Aber ich erst!« Jonas trat mit Wucht durch die Luft, als müßte er einen Volleyschuß aufs Tor abzischen lassen. »Ich kann mit dem linken Fuß genauso gut donnern wie mit dem rechten. Wer bringt das schon! Garantiert wird der Michael mich als Sturmspitze einsetzen.«

Auf diese Behauptung hatte Tobi nur gewartet. »Du und Sturmspitze? Da wiehert doch mein Bandwurm! Uwe wird natürlich als Sturmspitze spielen.

Gegen den bist du doch bloß ein Würstchen. Wenn der Uwe Bundesligaformat hat, dann bist du jedenfalls Kreisklasse. Nee, Jonas, mach dir mal nix vor. Die Sache mit der Sturmspitze kannst du dir abschminken.«

Selbstverständlich ließ Jonas das nicht auf sich sitzen. »Ich bin viel dy ... dy ... dy ...« Dann fand er das richtige Wort: »Dynamischer! So heißt das. Ich bin viel dynamischer als der Uwe. Und was meine Schüsse betrifft ...«

Tobi unterbrach ihn.

»Uwe kann zehnmal besser schießen als du. Ich muß das ja wohl wissen. Ich hab ja schon mal einen unheimlich wuchtigen Strafstoß von Uwe abgewehrt.«

Jetzt geriet Jonas so richtig in Fahrt. »Wenn du einen Strafstoß vom Uwe abgewehrt hast, dann kann der ja wohl so unheimlich wuchtig nicht gewesen sein«, höhnte er. »Gegen meine Strafstöße würdest du ganz alt aussehen, da hättest du keine Chance. Wollen wir wetten, daß ich Sturmspitze sein werde?«

Tobi grinste und gab sich alle Mühe, daß es auch schön kühl und überlegen wirkte. »Träum schön weiter, Jonas! Zum Glück stellst du ja nicht die

Mannschaft auf. Unser Trainer kann einen prima Stürmer von einem Großmaul garantiert unterscheiden.«

Rita wurde zornig. »Hört schon auf zu quatschen! Ich hab den Eindruck, es gibt hier außer Tobi noch ein paar andere Angeber.« Sie selber hatte keine große Hoffnung, in die Klassenmannschaft aufgenommen zu werden. Gewiß, sie war geschmeidig und konnte auch schnell rennen, aber weil sie ziemlich dünn war, zog sie manchmal den Fuß weg, wenn die Bolzer unbeherrscht zutraten. Oft wurde sie von den anderen Spielern Kneifzange genannt. Aber sie liebte nun einmal das elegante Spiel und haßte die verbissenen Zweikämpfe und das rauhe Einsteigen mancher Spieler. Das Wort war doch: Fußball*spiel*. Mußte ein Spiel denn nicht vor allem Freude bereiten? Rita schlug sich auf ihre dünnen Schenkel, die in der regenbogenfarbenen Radfahrerhose wirklich ein wenig wie Spargelstangen wirkten, und fragte: »Wollen wir nicht mal über was anderes reden? Die Welt besteht ja nicht nur aus Fußball.«

Aber Stöpsel wollte seinen Kummer unbedingt noch loswerden. »Mich stellt der Michael bestimmt nicht auf. Als ob ich was dazu könnte, daß ich der Kleinste bin!« Seine Stimme hörte sich sehr traurig an.

Elisabeth versuchte zu trösten. »Beim Fußball kommt's doch nicht auf die Länge an. Der Maradona aus Argentinien, der war mal der beste Fußballspieler der ganzen Welt. Mit Abstand! Und der ist kaum größer als du.«

Tobi nickte. »Außerdem kannst du noch jede Menge

wachsen. Ich schätze, so groß wie der Maradona bist du in zwei, drei Monaten auch.«

»Ich bin aber nicht der Maradona!« rief Stöpsel jämmerlich aus. »Und lügt mir nichts vor! Ich weiß doch selber, daß ich nicht so besonders gut spielen kann.«

Pitter legte ihm die Hand auf die Schulter. »Nun mach dir mal nicht gleich in die Hose, Stöpsel! Gute Ersatzspieler sind für eine Mannschaft so wichtig wie die Stammspieler. Kann doch sein, daß einer wegen 'ner Verletzung ausfällt. Meniskus oder Durchfall oder Ziegenpeter. Was weiß ich! Oder wegen Formschwäche. Und Ersatzspieler wirst du auf jeden Fall.«

»Meinst du das im Ernst?« Stöpsel konnte schon wieder ein wenig lächeln. »Oder schwindelst du mir was vor?«

Pitter hob die Hand zum Schwur. »Mein heiliger Ernst!«

Sie hatten inzwischen das Rondell mit den Rhododendronsträuchern erreicht. Von hier zweigten die Sträßchen und Wege in die neue Wohnsiedlung ab.

»Wir sehen uns ja heut abend beim Training!« rief Elisabeth und trabte davon.

»Bis heute abend!« antworteten die anderen.

Jonas flüsterte Tobi zu: »Und der Mehmet ist doch ein besserer Torwart als du.« Bevor Tobi etwas sagen konnte, hüpfte Jonas in den schmalen Tulpenweg hinein.

Tobi wohnte im schönen Fachwerkhaus am Ende der Mühlenstraße. Wie üblich kam Boxer Ben aus der Haustür geschossen, um Tobi überschwenglich zu begrüßen. Aber statt der großen Schmuserei hatte Tobi an diesem Mittag nur ein paar Klapse für den Hund übrig. Ben kläffte enttäuscht. Was hatte das zu bedeuten?

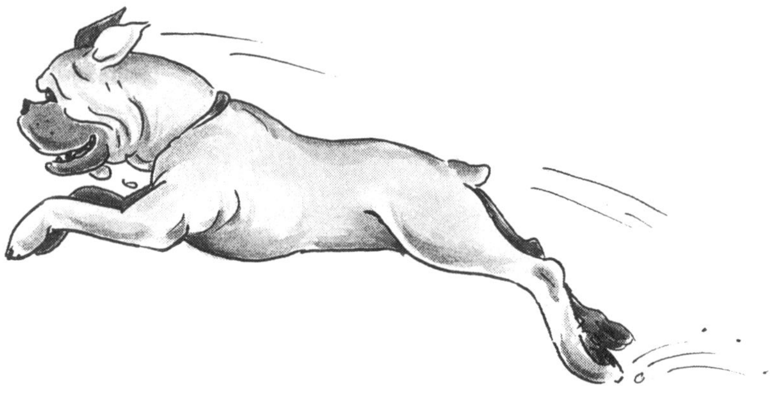

»Der Jonas ist ein Doofmann!« knurrte Tobi.

Es gab Pfannkuchen mit Spinat. Davon futterte Tobi gewöhnlich ein ganzes Dutzend, doch heute legte er nach drei Pfannkuchen die Gabel hin.

»Du bist doch nicht etwa krank?« fragte die Mutter besorgt.

»Ich bin sauer«, murmelte Tobi.

»Willst du darüber reden?«

Tobi schüttelte den Kopf.

»Aber du hilfst mir trotzdem heute nachmittag ein bißchen im Garten, Tobias.« Wenn die Mutter ihren Sohn *Tobias* nannte, meinte sie es ernst.

»Ich muß erst ein bißchen nachdenken, Thea Bosse«, entgegnete Tobi. Wenn er die Mutter *Thea Bosse* nannte, meinte Tobi es auch ernst.

Später lag Tobi in seinem Zimmer auf dem Bett und starrte zur Decke. Ben leckte ihm das Gesicht ab. Tobi hatte einen schrecklichen Wachtraum: Er hütete das Tor der Nationalmannschaft. Da kam plötzlich ein Ball geflogen. Doch Tobis Füße klebten am Boden fest. Er konnte nicht springen. Der Ball landete im Netz. Und auf den Rängen brüllten die Zuschauer: »Tobi raus! Tobi raus!«

Kein Platz für Knochentreter

Tobias, wo bleibst du denn?« gellte da plötzlich eine Stimme. »Wolltest du mir nicht im Garten helfen?«

Tobi fuhr hoch und rieb sich die Augen. Hab ich etwa geschlafen? dachte er. Ich wollte doch nur ein bißchen nachdenken! Verwirrt schwenkte er die Beine aus dem Bett. Ben hatte sich längst aus dem Staube gemacht. Irgend etwas Dummes muß ich geträumt haben, sagte Tobi sich, sonst würde ich nicht so ein komisches Gefühl im Bauch haben.

»Tobias!« Wieder rief die Mutter aus der Küche. »Nun komm endlich runter! Die Johannisbeeren müssen gepflückt werden.«

»Ist ja schon gut!« maulte Tobi.

Es machte ihm wirklich wenig Spaß, Johannisbeeren zu pflücken. Erstens nahm und nahm diese endlose Pflückerei kein Ende, und zweitens zerkratzte er sich an den kratzigen Büschen immer die Arme. Doch als er an diesem Nachmittag zwischen den Sträuchern stand, gab es eine Überraschung.

Jonas stand nämlich plötzlich da.

Ben sprang an ihm hoch und kriegte sich vor Freude kaum noch ein. Wie fast alle Hunde liebte er es sehr, wenn sich Besuch einstellte. Mit Kindern verstand sich Boxer Ben besonders gut.

»Tag, Frau Bosse!« rief Jonas Tobis Mutter zu. Dann verdrehte er ein bißchen die Augen und sagte zu Tobi: »Hör mal, also, wegen vorhin, ich meine ...« Sichtlich verlegen trippelte er von einem Fuß auf den anderen. »Also, was ich da gesagt hab, das war blöd. Ich hab's nicht böse gemeint. Du bist wirklich ein guter Torwart. Wollen wir uns wieder vertragen?«

»Logo«, antwortete Tobi und grinste erleichtert, »vergessen wir die Sache. Willst du mich zum Training abholen? Du, die Cordula ist noch gar nicht von der Arbeit nach Hause gekommen. Es ist noch zu früh, zum Platz raufzugehen.« Tobi zeigte auf das leere Eimerchen. »Aber du kannst mir ein bißchen beim Johannisbeerenpflücken helfen.« Und als er Jonas' gequälten Blick sah, fügte er rasch hinzu: »Das ist übrigens noch gar nicht raus, daß der Uwe ein besserer Stürmer ist als du. Könnte sein, daß du mindestens so gut bist.«

Das ging Jonas natürlich runter wie Honig, er

strahlte wie eine Flutlichtanlage und war sofort bereit, Tobi beim Pflücken zu helfen. Das artete sogar in eine Art Wettkampf aus. Frau Bosse konnte da nur staunen. Schon bald war das Eimerchen voll, doch die beiden Jungen gaben nicht auf und füllten auch noch die große Blechschüssel.

Erst als Cordula am Gartentor erschien, beendeten Tobi und Jonas ihre Weltrekordarbeit und folgten Cordula in die Küche. Tobis Schwester arbeitete als Verkäuferin im Sportartikelgeschäft Ellermeier & Popp, und morgens fuhr sie zusammen mit Vater Bosse im Auto in die große Stadt, und abends kam sie mit ihm zurück. Bodo Bosse war Inspektor beim Wasserwerk.

Während Tobis Mutter für ihren Mann Bratkartoffeln und Schweineschnitzel briet, mischte Cordula sich ihren Rohkostsalat und belegte ein paar Vollkornschnitten mit Tomaten- und Rettichscheiben. Sie trank Früchtetee, Vater Bosse schlürfte gierig am Bierkrug.

Beinahe entsetzt starrten die beiden Jungen auf Cordulas Abendessen. Grünzeug! So etwas konnte doch nicht schmecken. Und für Fußballspieler war solch eine Mahlzeit doch wohl eher eine Lachnummer. Jedenfalls dachten Jonas und Tobi das, als sie sich mit verhaltenem Grinsen zublinzelten.

»Schlangenfraß!« flüsterte Jonas.

Tobi schüttelte den Kopf. »Noch schlimmer! Kaninchenfutter.«

Hatte Cordula verstanden, was die Jungen sich zuraunten? Sie warf Jonas und Tobi Blicke zu, die signalisierten: Wartet's nur ab, euch wird das Grinsen noch vergehen!

Als Cordula ihre leichte Mahlzeit beendet hatte, huschte sie zu ihrem Zimmer hinauf und stand Minuten später im pinkfarbenen Jogginganzug in der Diele. »Worauf wartet ihr noch?« fragte sie Jonas und ihren Bruder. »Zeit für das Training!«

Und so trabten Cordula, Tobi und Jonas zum kleinen Sportplatz der Oberbillerbacher hinauf, umhüpft und umbellt von Boxer Ben, der offenbar auf spannende Spielereien mit dem Ball hoffte. Ben war geradezu süchtig nach Bällen jeglicher Art.

Doch Ben wurde genauso enttäuscht wie all die Jungen und Mädchen, die bereits am Waldrand warteten. Cordula und Michael hatten sich nämlich darauf geeinigt, daß das Konditionstraining ganz ohne Fußball stattfinden sollte. Gymnastik war angesagt, Körperschulung, Lauf-, Lockerungs- und Dehnungsübungen. Trainerin Cordula wollte dafür sorgen, daß die ganze Truppe geschmeidig und unverkrampft die Trainingseinheiten mit Michael begann. Michael, der selber im Verein Fußball spielte, hatte sich vorgenommen, die Jungen und Mädchen aus Oberbillerbach und aus Unterbillerbach zu einer erstklassigen Mannschaft zusammenzufügen. Da war es wichtig, daß alle auch gut in Form waren.

Klar, die siebzehn Kinder, die sich an diesem späten Nachmittag in ihrem Sportdreß um die Konditionstrainerin geschart hatten, wollten eigentlich lieber dem Ball nachjagen. Sie sahen aber ein, daß eine gute Vorbereitung dringend nötig war, wenn sie gegen die Fußballer aus Havixbach bestehen wollten. Und auch das war abgemacht: Wer sich nicht an die Anweisungen der beiden Trainer hielt, hatte keine Chance, aufgestellt zu werden. Also murrten sie nur leise, als sie Cordula bei den Intervall-Läufen durch das Wäldchen folgten.

»Locker und leicht müßt ihr euch bewegen!« rief Cordula. »Immer elastisch bleiben! An eurer Schnelligkeit müssen wir noch mächtig arbeiten, das sehe ich schon. Die meisten von euch bewegen sich so steif wie Bohnenstangen. Hopp, macht mir alles genau nach!«

Erst ein bißchen zögernd, dann aber mit immer mehr Vergnügen legten sich Elisabeth, Mehmet, Trude, Fuzzi Ralf, Rita, Uwe und all die anderen ins Zeug, ließen die Arme kreisen und die Schultern rollen, dehnten die Beine im Spagat und streckten sich, als wollten sie nach den Wolken greifen. Cordula mußte die Übereifrigen sogar ein wenig bremsen, denn das Training sollte ja spielerisch leicht sein, und niemand sollte sich überanstrengen. Allmählich erkannten die Mädchen und Jungen, worauf es bei diesen Übungen vor allem ankam. Und so hüpften sie leichtfüßig aus dem Stand, schlenkerten die Verkrampfungen aus Armen und Beinen und hatten ihren Spaß beim Schubkarrefahren und Butterwiegen mit wechselnden Partnerinnen und Part-

nern. Nur Ben verstand das alles nicht und wetzte hechelnd zwischen den Kindern umher.

Dann forderte Cordula die Gruppe auf, sich am Rande des kleinen Platzes gemütlich hinzulegen. Tobi ahnte, was jetzt an der Reihe war, und schloß entsagungsvoll die Augen.

»Reden wir mal über eure Ernährung!« begann Cordula ihr Lieblingsthema. »Wie ich festgestellt habe, sind ein paar von euch entschieden zu fett.«

»Ich aber nicht!« kreischte Mehmet.

»Dich hab ich auch nicht gemeint.« Cordula ließ den Blick zum Ginsterbusch wandern, unter dem

Tobi und Jonas sich ausgestreckt hatten. Auch Fuzzi Ralf und Trude schaute sie streng an.

»Ich bin höchstens zu dünn!« rief Rita.

»Ich auch!« schloß Elisabeth sich an und sprang aus dem Schneidersitz in die Höhe. Sie war wirklich sehr lang und sehr dünn.

»Ich bin genau richtig!« behauptete Uwe.

Tobi wollte zuerst rufen: Angeber! Doch das Wort verschluckte er wieder. Gerade er mußte mit solch einem Wort vorsichtig sein. Und voll Neid mußte Tobi zugeben, daß Uwe tatsächlich nicht zu dünn und nicht zu dick war, schneller laufen und höher springen konnte als die anderen aus der Mannschaft und wahrscheinlich der beste Spieler von allen war. Aber Tobi tröstete sich. Er dachte: der beste Feldspieler! Ich bin ja Torwart. Was der Uwe als Stürmer kann, das kann ich dreimal als Torwart.

Jonas protestierte. »Zum Toreschießen muß man kräftig sein, sonst haben die Knaller doch gar keine richtige Wucht!«

»Kräftig und dick, das ist zweierlei«, erklärte Cordula, »und außerdem besteht ein Fußballspiel nicht nur aus Knallern.«

»Genau!« Das fand auch Uwe. »Kombinieren und so, Vorlagen geben und sich freilaufen und Doppelpaß spielen und in der eigenen Verteidigung aushelfen – hah, da kommt's schon verdammt auf die Kondition an!«

Und so hörten alle zu, als Cordula ihren Vortrag über die richtige Ernährung hielt, von den Vorzügen des Vollkornbrotes und der Rohkost erzählte und

das Übermaß an Süßigkeiten und fetter Wurst und triefenden Pommes frites verteufelte. Sie redete von Kohlenhydraten und Eiweißstoffen und Ernährungsschäden bei Kindern, und Tobi, der das alles schon tausendmal gehört hatte, schlief selig ein. Erst als Cordula zum Trainingsschluß den Kampfruf anstimmte und Ben sich auf Tobis Bauch setzte, um den Schläfer zu wecken, öffnete Torwartkatze Tobi die Augen wieder.

Das Spieltraining am übernächsten Nachmittag fand auf dem kleinen Platz der Unterbillerbacher statt, doch diesmal mußte der Boxerhund zu Hause bleiben, da konnte er noch so erbarmungswürdig jammern. Eine Menge Kinder und dazu ein Fußball: so etwas machte den Hund geradezu närrisch.

Michael im dunkelgrünen Trainingsanzug ließ die Mannschaft nach einem kurzen Auflockerungslauf im Kreis Aufstellung nehmen. Tobi war mit seinen Gedanken beim vergangenen Spiel gegen die Unterbillerbacher, als er mit einer tollen Parade den Strafstoß von Uwe abgewehrt und damit das sensationelle Unentschieden gerettet hatte. War nicht genau dieses Unentschieden der Grund dafür, daß nun endlich die Oberbillerbacher und die Unterbillerbacher eine gemeinsame Klassenmannschaft bildeten? Michaels laute Stimme schreckte Tobi auf.

»Die von euch, die bisher vor allem in der Verteidigung gespielt haben, gehen mal auf die rechte Seite des Platzes!« forderte Michael und zeigte mit dem Arm auf die Südseite. »Die Mittelfeldspieler und Stürmer begeben sich bitte zur anderen Seite. Ich möchte verschiedene Angriffs- und Hintermannschaftspositionen ausprobieren.«

Während sich die Mädchen und Jungen zu den passenden Platzhälften bewegten, blieben Mehmet und Tobi beim Mittelkreis stehen.

»Was ist mit den Torleuten?« wollte Tobi wissen.

»Ihr habt erst mal Pause«, entschied Michael.

Michael experimentierte mit den unterschiedlichsten Formationen. Er kannte ja die Spieler aus Oberbillerbach noch nicht richtig. Anerkennend nickte er, als bei einem Probespielchen Elisabeth sehr geschickt Uwe und Fuzzi Ralf mit Steilpässen in erstklassige Schußpositionen brachte und selber rasch aufrückte, wenn Flanken von außen geschlagen wurden. Sie war bekannt für ihre genauen Kopfstöße. Abwechselnd durften dann Tobi und Mehmet ins Tor, um die eine oder andere Verteidigungskette zu unterstützen. Immer wieder andere Spieler mußten auf den unterschiedlichen Positionen ihr Können beweisen.

Pitter strengte sich ganz besonders an. Er wollte Michael zeigen, daß er als Außenverteidiger ein As war. Als Rita auf ihn zustürmte, säbelte er ihr ziemlich brutal die Beine unter dem Körper weg, obwohl sie den Ball längst abgespielt hatte. Rita weinte vor Schmerz.

Da brüllte Michael zornig: »Hast du 'ne Macke, Pitter? Hier wird nicht Fußball *gekloppt,* bei uns wird Fußball *gespielt!* Für Knochentreter ist kein Platz in der Mannschaft. Schreib dir das hinter deine Segelohren!«

»Aber Härte ist doch wichtig für einen guten Verteidiger«, sagte Pitter kleinlaut, »und ich will mir ja auch einen Stammplatz in unserer Mannschaft erkämpfen.«

Michael rief laut: »Jetzt spitzt mal alle die Ohren! Härte und Brutalität, das sind zwei Paar Schuhe. Wir spielen aus Spaß an der Freude. Nehmt euch nicht die Klopper aus der Bundesliga als Vorbild, denen geht's sowieso vor allem um die Piepen. *Fair geht vor!* Ihr kennt den Satz, also haltet euch daran! Und um eins von vornherein klarzustellen: Niemand muß sich einen Stammplatz erkämpfen, denn es gibt keine Stammplätze. Jeder, der bei uns mitmachen will und fleißig ist beim Training, gehört zur

Mannschaft und darf selbstverständlich auch spielen. Es wird immer gewechselt, alle kommen zum Einsatz. Ich muß nur erst rauskriegen, wer auf welchem Posten seine beste Leistung bringt. Aber vergeßt nicht: Eifer und Einsatz sind prima, Rücksichtslosigkeit ist Mist!«

Pitter hatte einen knallroten Kopf, Rita und Trude strahlten erleichtert – und Stöpsel grinste wie ein Honigkuchenpferd. Das waren herrliche Aussichten.

Michael fragte Jonas: »Du hast bis jetzt immer Sturmspitze gespielt, ja?«

Jonas warf sich in die Brust. »Logo! Was denn sonst?«

»Ich will's mit dir als Libero mal versuchen.« Bevor Jonas protestieren konnte, erklärte Michael: »Ich hab gesehen, daß du mit links und mit rechts schießen kannst. Das hat man nicht oft. Für einen Libero ist das ideal.«

Dieses Lob war für Jonas wie eine Weihnachtsbescherung!

Torwartkatze und Fliegender Fisch

Sie trainierten noch länger als eine Stunde und kamen gewaltig ins Schwitzen. Weil der Platz in Unterbillerbach ja nur so groß war wie eine Turnhalle und weil sie sich auf ein Spiel auf dem Platz einer richtigen Fußballmannschaft mit elf Spielern vorbereiten mußten, hatten sie aus aufgeschichteten Steinen ein Ersatztor an der Seitenlinie aufgebaut. So konnten sie die Länge des Platzes einfach als Breite nutzen, denn sie hatten ja nicht zwei Mannschaften gebildet, die gegeneinander spielten. Es waren immer nur verschiedene Angriffsreihen, die Michael gegen unterschiedliche Hintermannschaften anstürmen ließ.

Der dunkelhäutige Bogdan erwies sich als pfeilschneller Außenstürmer, Elisabeth versorgte Mittelstürmer Uwe mit haargenauen Vorlagen, Jonas organisierte als Libero umsichtig die Verteidigungskette und fand sich in seiner neuen Rolle prächtig zurecht. Michael lobte und tadelte. Als Fuzzi Ralf

sich zu ballverliebt restlos verdribbelte, tauschte der Trainer ihn erst einmal aus. Als der leichtgewichtige Stöpsel den Verteidiger Pitter geschickt tunnelte und danach Trude mit einer halbhohen Flanke mustergültig bediente, heimste er ein dickes Lob ein. Die sonst so geschickte Rita stolperte einmal über die eigenen Beine und ratschte sich auf der rauhen Asche den Ellenbogen auf, doch diesmal heulte sie nicht.

Sie übten Standardsituationen: Eckbälle, Einwürfe und Freistöße. An der Technik einiger Spielerinnen und Spieler hatte Michael eine Menge auszusetzen, und als Gerti sich bei der Ballannahme zu ungelenkig anstellte und das Leder nicht richtig stoppen konnte, schimpfte der Trainer wie ein Rohrspatz.

Immer wieder rief Michael: »Nehmt die Nasen hoch, wenn ihr den Ball führt! Ihr müßt den Blick frei haben, sonst seht ihr die freigelaufenen Mitspieler nicht! Und tragt die Angriffe nicht immer so stur durch die Mitte vor! Uwe, auch mal auf die Flügel ausweichen! Pitter, du mußt an deinem Gegenspieler kleben, auch wenn er sich zurückfallen läßt!«

Wirklich, da war noch eine Menge Trainingsfleiß nötig, bis die Oberbillerbacher und die Unterbillerbacher zu einer richtigen Mannschaft zusammenwüchsen. Doch das muß gesagt werden: Alle im Team gaben sich große Mühe.

Das galt vor allem für die beiden Torleute!

Tobi, die Torwartkatze, erfuhr nun, daß auch Mehmet einen Spitznamen hatte, den er stolz wie einen Indianernamen führte: Fliegender Fisch. Und immer dann, wenn er Tobi im Tor ablösen durfte, zeigte er, daß er diesen Namen zu Recht hatte. Seine Reflexe erwiesen sich als unheimlich gut. Voll Anerkennung und Neid staunte Tobi, wenn Mehmet Flachschüsse aus den Ecken fischte und unter sich begrub. Wie Magneten schienen seine Hände die Bälle anzuziehen. Auch im Hinauslaufen und beim

Wegfausten angeschnittener Eckbälle zeigte Mehmet sich als Meister.

»Sehr gut, Mehmet!« lobte Michael einmal, als Mehmet einen Kopfball von Elisabeth, den er nicht mehr fangen konnte, mit den Fingerspitzen zur Seite lenkte. »Niemals den Ball nach vorn abtropfen lassen. Da hauen die gegnerischen Stürmer ihn dir sofort in den Kasten. Und jetzt ist Tobi wieder an der Reihe.«

Tobi zog sich die Torwartmütze in die Stirn, weil die Sonnenstrahlen ihn blendeten. Nun wollte er klarstellen, wer hier der Torwart Nummer eins war. Als Uwe einen Flankenball direkt verwandeln wollte, warf er sich tollkühn in den Schuß. Das sollte ihm erst einmal der Mehmet nachmachen!

Drei, vier wuchtige Schüsse wehrte Torwart Tobi gekonnt ab. Im Hechtsprung fing er den verdeckten Außenristschuß von Elisabeth, der höllisch angeschnitten war. Als Pitter aus der zweiten Reihe kraftvoll abzog, stieg Tobi hoch und holte sich den Ball sicher herunter. Doch damit jeder sehen konnte, wie großartig er das gemacht hatte, überkugelte er sich noch zusätzlich mit dem Ball in den Händen. Innerlich klopfte er sich danach selber auf die Schulter. Ob der Mehmet wohl solch eine herrliche Parade hinkriegen würde? fragte er sich und gab sich gleich die Antwort: Niemals!

Tobi wollte es aber auch vom Trainer hören. Das Übungsspiel der Angriffsreihen gegen die Verteidigungen war zu Ende, die Entspannungsrunde um den Platz hatte die Spielerinnen und Spieler beruhigt, und nun machten sich alle auf den Heimweg. Michael hatte verkündet, diese Trainingseinheit habe ihm wichtige Erkenntnisse vermittelt. So etwas hörte sich richtig professionell an.

Doch nun fragte Tobi seinen Trainer: »Wer ist denn der bessere Torwart? Mehmet oder ich?«

Michael tippte Tobi auf die Nasenspitze. »Woher soll ich denn das wissen? Bei einem richtigen Match

habe ich euch zwei doch noch gar nicht erlebt. Mancher Torwart ist Weltmeister beim Training, doch im ernsthaften Spiel macht er sich in die Hose.«

»Das könnte mir nie passieren«, erklärte Tobi selbstbewußt, »ich bin eiskalt beim Spiel. Nervenflattern und so, also, das kenne ich überhaupt nicht.« Und noch einmal wollte er wissen: »War der Mehmet besser, oder war ich besser?«

Michael stopfte den Ball in seine Segeltuchtasche und kämmte sich das verschwitzte Haar. »Ich hab den Eindruck, daß ihr beide eure Sache ganz gut gemacht habt. Da ist noch einiges zu verbessern, klar, doch für den Anfang war's schon ganz ordentlich. Ich schätze, ihr könnt beide ziemlich gut halten. Aber das kann man von einem Torwart ja auch erwarten.«

Tobi sackte innerlich in die Knie. Er hatte ein dickes Lob erwartet, doch nun stellte Michael seine Leistung als etwas ganz und gar Normales hin. War das nicht ungerecht? Also trieb Tobi es auf die Spitze und fragte geradeheraus: »Ich möchte wissen, wer von uns beiden der Torwart ist und wer der Ersatztorwart.«

Nun war Michael reichlich sauer. »Hab ich nicht deutlich erklärt, daß es in unserer Mannschaft keine

Stammspieler geben wird? Alle dürfen mitmachen. Mal spielt der eine, mal der andere. Wir wechseln. Mit euch Torleuten machen wir's selbstverständlich genauso. Aber wenn du mir schon mal auf den Keks gehst mit deiner Fragerei, Tobi, dann kann ich dir auch mal direkt auf den Kopf zu sagen, was mir an deiner Art nicht gefällt.«

»Da bin ich aber neugierig«, meinte Tobi patzig.

»Du bist ein Angeber. Wenn du einen Ball locker halten kannst, dann brauchst du nicht anschließend noch 'ne Schau abzuziehen und dich am Boden zu wälzen, als hättest du wunder was für 'ne Heldentat vollbracht. Du bist scharf darauf, vor den anderen zu glänzen. Das ist unfair den Mitspielern gegenüber. Fußball ist eine Mannschaftssportart. Man gewinnt gemeinsam und verliert gemeinsam. Also spiel in Zukunft etwas mannschaftsdienlicher. Haben wir uns verstanden?«

Tobi nickte nur. Ihm war ganz komisch im Bauch. So hatte ihn noch niemand zurechtgestutzt. Er riß sich die Torwartmütze vom Kopf und trottete den Wiesenweg hinunter. Bis nach Hause hatte er es ja nicht weit. Vor ihm liefen Rita, Stöpsel und Pitter, doch Tobi blieb hinter ihnen, als gehörte er nicht dazu. Er sah auch Trude, Bogdan und Mehmet, die eifrig schwadronierten. Fliegender Fisch! Wie kann man sich nur solch einen angeberischen Namen geben! überlegte Tobi. Und was war mit Torwartkatze?

Bodo Bosse hockte vor dem Fernsehgerät, als Tobi nach Hause kam. »Na, wie war's beim Fußball?« fragte er seinen Sohn.

»Ging so«, antwortete Tobi. »Ich hab jetzt erst mal mordsmäßigen Hunger. Bratwürste und Kartoffeln verschlinge ich jetzt.« Doch da sah er Cordula im Sessel sitzen. »Vielleicht esse ich auch nur ein bißchen Tomatensalat mit Schafkäse«, sagte er schnell. Das fehlte noch, daß er sich von der Konditionstrainerin auch noch einen Rüffel einhandelte!

Boxer Ben hatte Tobis Stimme vernommen und kam von seiner Schlafmatte in der Küche gesaust. Ben sprang fröhlich wie ein Schneekönig an Tobi hoch und schien es gar nicht zu merken, daß Tobis Laune sich ungefähr auf dem Gefrierpunkt befand.

»Hausarbeiten muß ich auch noch machen«, knurrte Tobi.

»Dann mach sie!« rief Thea Bosse. Sie schnippelte mit der Schere an den Geranien auf der Fensterbank herum. »Aber vorher gehst du mal unter die Dusche!«

Tobi schlich aber zuerst einmal in die Küche und machte sich über die kalten Schnitzel her, die er im

Kühlschrank gefunden hatte. Er entdeckte auch noch eine Dose Ölsardinen, zwei Stücke Kirschkuchen und ein paar Hähnchenschenkel. Für den Anfang war das schon ganz schön, und Cordula konnte die Schlemmerei ja nicht sehen. Ben bekam seinen Anteil und wurde so zum Schweigen gebracht. Nun sah das Leben schon wieder viel freundlicher aus. An die Hausaufgaben dachte Tobi nicht mehr.

Als er unter der Dusche stand und das wohlige Prickeln des warmen Wassers auf seiner Haut genoß, spannte er plötzlich die Muskeln an, knirschte laut mit den Zähnen, ballte die Fäuste und stieß einen Kraftschrei aus. »Huaaah! Ich werde es allen beweisen, daß ich der beste Torwart der Welt bin!«

Boxer Ben unterstützte den Schreier Tobi mit herzerweichendem Gebell. Er konnte es nämlich nicht leiden, daß jemand lauter war als er.

Ballzauberer Ben

Langweilig war es in der Schule gewesen. Frau Lienenbeck hatte außerdem heftig geschimpft, weil einige Mädchen und Jungen beim Multiplizieren und Dividieren nicht richtig bei der Sache waren und fürchterliche Ergebnisse herausbekommen hatten. Wenn achtzehn Maurer für eine dreiundzwanzig Meter lange Mauer sieben Stunden und zehn Minuten brauchen, wie lange brauchen dann zwei Maurer? Pitter hatte ausgerechnet: Vier Monate, drei Wochen, einen Tag und elf Stunden. Außer Frau Lienenbeck hatten alle gelacht. Aber Spaß hatte die anstrengende Rechnerei niemandem gemacht.

Tobi hockte nun am Mittagstisch und verputzte den zweiten Teller Durcheinandergemüse mit Knackwürstchen. Mit vollem Mund erklärte er seiner Mutter: »Solche Textaufgaben sind völlig bescheuert. Wenn die zwei Maurer mauern, dann weiß man doch überhaupt nicht, ob sie im gleichen Tempo arbeiten wie die achtzehn Maurer. Vielleicht haben sie gar keine Lust und machen ganz langsam und trödelig. Oder sie wollen rasch fertig sein und hauen mächtig rein. Und außerdem: wen interessiert das schon? Daß man sich in der Schule mit solchem Pipifax abkrücken muß! Ich würde lieber mal was von tollkühnen Seefahrern und Entdeckern und so lernen.«

»Das kommt bestimmt auch noch dran«, tröstete Thea Bosse. »Hast du Lust, etwas über Unkrautzupfen und Beeteharken zu lernen? In unserem Garten sieht's ziemlich schlimm aus.«

Bloß das nicht! dachte Tobi. Doch während er noch fieberhaft über eine Ausrede nachdachte, klingelte das Telefon. Zusammen mit Ben, der beim Telefonklingeln immer einen Rappel bekam, stürzte Tobi zum Apparat. »Hier Tobi Bosse!«

Uwe war am anderen Ende der Leitung. »Mensch, Tobi, hast du Lust, mit nach Havixbach zu radeln? Ich hab gerade erfahren, daß unsere Gegner heute nachmittag ihr Training haben. Die könnten wir doch mal ausspionieren. Was die draufhaben. Und ob die wirklich so stark sind, wie der Michael behauptet. Na, was ist?«

»Ich weiß nicht, ob unsere Squaw mich weg läßt«,

flüsterte Tobi. »Die will mich mit Gartenarbeit foltern.«

»Trick achtzehn!« Uwe kicherte. »Sag ihr, wir hätten uns bei mir zum Hausaufgabenmachen verabredet. Wenn Mütter was von Hausaufgaben hören, werden sie butterweich. Glaub einem alten Experten. Alle Mütter halten Hausaufgaben für wichtig.«

»Alles klar«, sagte Tobi, »ich will's versuchen. Wenn es hinhaut, bin ich in 'ner halben Stunde bei dir.«

Zwar guckte Mutter Thea ein bißchen ungläubig, als Tobi voll Eifer erklärte, er müsse dringend mit Uwe ungeheuer komplizierte Rechenaufgaben lösen, die ein einzelner gar nicht schaffen könne. Tobi machte nämlich einen verdächtig fröhlichen Eindruck bei seinen Erklärungen. Aber dann wurde sie doch weich – genau wie Uwe es vorausgesagt hatte. »Also schön. Hausaufgaben gehen vor. Dann hilfst du mir eben morgen im Garten.«

Schon sauste Tobi zur Haustür. Ben blieb ihm natürlich auf den Fersen, denn er wollte wie üblich mit.

»Heh, Tobi!« rief die Mutter. »Du mußt doch deine Schultasche mitnehmen!«

»Puh!« Tobi bremste so plötzlich, daß Ben zwischen

seine Beine geriet, und dann kugelten sie beide durch die Diele. »Die hätte ich doch fast vergessen, die Schultasche.«

Boxer Ben und die Schultasche wurden auf den Anhänger gepackt. Ja, Tobi besaß einen richtigen Anhänger für sein Fahrrad. Vater Bodo hatte eine Art Hundehütte gebastelt und auf dem Anhängergestell festgeschraubt. Und in dieser Anhängerhütte machte Ben ganz stolz die rasenden Fahrten durch die Umgebung mit. Nur sein Kopf schaute vorn aus dem Einstiegsloch.

Tobi schwang sich auf den Sattel und düste die Mühlenstraße hinunter. Der Anhänger schlingerte gefährlich hin und her. Ben hatte seinen Spaß daran und bellte vergnügt. An der schrecklichen Bun-

desstraße war Tobi sehr vorsichtig, denn er wußte ja, wie rücksichtslos viele Autofahrer durch den Ort brausten.

Uwe wartete schon.

Er hockte im Vorgarten des Klinkersteinhäuschens im Schneidersitz, kaute Kirschen und spuckte Kerne. »Auf geht's!« schrie er, als Tobi und Ben sich näherten. Er sprang auf sein Mountainbike und trat kraftvoll in die Pedale. »Mir nach! Ich kenn einen Spezialweg nach Havixbach!«

Tobi hatte Schwierigkeiten, Uwes Tempo mitzuhalten. Boxer Ben war ja schließlich kein leichter Hund, und der Anhänger hatte auch ein ganz gehöriges Gewicht. Tobi biß die Zähne zusammen und radelte, was die Muskeln und die Sehnen hergaben. Über einen holprigen Feldweg ging die Fahrt, vorbei an leuchtenden Gersteäckern, ausgedehnten Bullenweiden und langgezogenen Brombeerhecken. Bussarde kreisten unter den dicken Wolkenhaufen, in den Ebereschen lärmten aufgeregt die Vögel.

»Wie weit ist es noch?« rief Tobi.

»Viertelstündchen!« antwortete Uwe. »Kannst du etwa nicht mehr?«

»Doofe Frage! Ich könnte noch zehn Stunden so

fahren. Es ist nur wegen Ben. Dem bekommt das Gerumpel nicht gut. Ich will nicht, daß er kotzt. Also, mach ein bißchen langsamer, Uwe!«

Weit war es wirklich nicht mehr, und sie brauchten auch gar nicht ins Städtchen hineinzufahren, denn das Schulzentrum befand sich am westlichen Ortsrand.

»Mööönsch, guck dir das an!« Tobi staunte. »Was die für einen Fußballplatz haben! Der ist echt klasse.«

»Das kannst du laut sagen«, bestätigte Uwe. »Das ist kein Kunststück, auf solch einem Spielfeld zu kombinieren und zu tricksen und zu donnern. Wenn wir doch so einen Platz in Billerbach hätten!«

»Haben wir aber nicht«, entgegnete Tobi kühl. »Außerdem kann ein guter Torwart auf *jedem* Platz erstklassig halten, notfalls sogar auf 'nem Kartoffelacker.«

»Blas dich mal nicht so auf!« knurrte Uwe.

Tobi hatte seine Sätze aber gar nicht ernst gemeint, sondern einfach nur so vor sich hin gesagt, denn er war ganz gefesselt von dem, was er dort auf dem Sportgelände sah. Außer dem Fußballplatz mit dem roten Aschebelag gab es noch weitere Spielfelder: für Volleyball, Tennis, Basketball und für sämtliche Disziplinen der Leichtathletik. Die waren fein raus, die Schülerinnen und Schüler in Havixbach!

An diesem Nachmittag hatten also die Mädchen und Jungen aus den vierten Klassen ihre Übungsstunden. Auf allen Spielfeldern tummelten sie sich, auf den Laufbahnen trainierten sie den richtigen Stabwechsel beim Staffellauf, auf dem Volleyballplatz wurden gerade die Netze angebracht. Plötzlich zuckte ein aufregender Gedanke durch Tobis Gehirn.

»Du, Uwe, jetzt hat's gerade in meinem Kopf klick gemacht! Merkst du auch, was ich merke? Die Typen, die da auf den Plätzen rumgurken, die stammen aus mindestens *drei* vierten Klassen. Vielleicht sogar aus vieren! Ich wette, die haben so Interessen-

gruppen gebildet. Kapierst du, was das für uns bedeutet?«

Uwe starrte Tobi verständnislos an. »Was denn?«

»Daß in deren Fußballmannschaft die besten Leute aus drei oder vier Klassen spielen! Das bedeutet das. Die haben 'ne Riesenauswahl! Aber wir in unserer Mini-Schule, wir müssen aus *einer* Klasse eine Fußballmannschaft bilden. Das sind verdammt ungerechte Bedingungen. Keine Spur von Chancengleichheit.«

»Dafür sind wir eben besser«, meinte Uwe lässig.

»Komm, wir bepeilen die Havixbacher Fußballer mal ein bißchen genauer!« forderte Tobi. »Dazu sind wir doch hergekommen!«

Sie nutzten die Deckung der dichtstehenden Holunderbüsche und schoben die Fahrräder behutsam näher und näher an den großen Fußballplatz heran, auf dem die Spielerinnen und Spieler unter der Leitung eines Sportlehrers Freilaufen und Doppelpässe übten. Zu Uwes und Tobis Verwunderung trugen alle Fußballer einheitlich hellblaue Trainingsanzüge mit einem mächtigen weißen Stierkopf auf der Brust.

»Das haut mich um!« flüsterte Uwe. »Ich glaube, die werden richtig gesponsert.«

»Vielleicht von einer Metzgerei«, meinte Tobi. »Alle Achtung, die sind enorm gut in Form.«

Das waren die Havixbacher Spielerinnen und Spieler wirklich! Aus ihrem Versteck im Gebüsch konnten Tobi und Uwe genau erkennen, mit welchem Eifer und mit welchem Geschick die Kinder bei der Sache waren. Die dribbelten und köpften und schossen wie die Weltmeister, und blitzsauber setzten sie sich gegenseitig mit Steilpässen und genauen Vorlagen in den Lauf in Szene. Und sie zogen donnernde Schüsse ab, daß der Aluminiumrahmen des Tores nur so schepperte. Tausend Bienen summten in Tobis Bauch. Das kam von der Aufregung.

Den Boxer Ben in seiner Anhängerhütte hatten die beiden Jungen längst vergessen. Ben hatte ein bißchen gedöst, doch da schlug auf einmal das Wummsen eines Fußballes an sein Ohr. Da war Ben auf der Stelle hellwach. Ein Ball! Ben war wild auf Bälle jeglicher Art, aber dicke Fußbälle liebte er besonders.

Mit einem Jubeljaulton schoß Ben aus seiner Behausung und jagte dem Fußballplatz zu. Viele Kinder und ein großer Ball und er mittendrin: was verlangte ein Hundeherz denn mehr!

»Zurück, Ben!« kreischte Tobi. »Komm zurück, du

verfluchter Köter!« Tobi pfiff auch auf den Fingern, aber er konnte nicht besonders gut pfeifen. Außerdem hätte er sich sein Geschrei sparen können, das wußte Tobi selber, denn wenn Boxer Ben einen Ball sah, hörte er weder Befehle noch Gepfeife.

Zuerst waren die fußballspielenden Kinder auf dem Platz erschrocken zusammengefahren, als da der fremde Hund mit geifernden Lefzen angerast kam. Doch als sie erkannten, daß der Boxer nur versessen auf den Ball war und mit ihnen spielen wollte, da jubelten sie vor Begeisterung.

Was für ein Artist! Was für ein Ballzauberer! Was für ein Supertechniker! Ben ließ den Fußball hochschnellen und jonglierte ihn auf seiner breiten Nase

quer über das Spielfeld. Er ließ ihn auf seinem Kopf tanzen, trieb ihn mit der Schnauze wie ein Dribbelkünstler vor sich her, kickte ihn mit der rechten Hinterpfote hoch in die Luft und drosch ihn dann mit seinem Boxerschädel wuchtig ins Netz.

»Tooor!« brüllten die Spielerinnen und Spieler begeistert und klatschten lachend Beifall. »Tooor!«

Sehr verlegen kamen Tobi und Uwe gelaufen, um den Boxerhund einzufangen. Das Versteckspiel war zu Ende. Die Bienen in Tobis Bauch tobten geradezu, und Uwe schaute so kläglich, als hätte er sich gerade in die Hose gemacht. Es war den beiden Jungen mordsmäßig peinlich, daß sie nun – umringt und ausgelacht von den Havixbacher Fußballern – den ballverliebten Boxerhund einfangen mußten. Der hatte seine Beute umarmt und verteidigte sie knurrend. Hätte der glatzköpfige Sportlehrer den Hund nicht mit seiner schrillen Trillerpfeife erschreckt, wären Tobi und Uwe ihm wahrscheinlich noch stundenlang vergeblich nachgehetzt.

»Ben, du bist der bescheuertste Hund der Welt!« keuchte Tobi, als er den Boxer beim Halsband packte. »Ich sollte Schaschlik aus dir machen!«

»Den solltet ihr beim Hundefußball anmelden!« rief ein strohblondes Mädchen Tobi und Uwe zu.

Ein Junge mit grellbuntem Stirnband sagte: »Den könnten wir prima in unserer Fußballmannschaft gebrauchen, den Boxer. Wir spielen nämlich bald gegen die Billerbacher. Das wird ein schweres Match. Nicht wahr, du Hund? Du wärst 'ne astreine Verstärkung für uns.«

»Brauchen wir nicht«, widersprach ein Knirps mit abstehenden Ohren. »Verstärkung brauchen wir nicht. Die Billerbacher putzen wir 10:0 vom Platz.«

Das war zuviel für Uwe. »Da würde ich mir aber nicht zu sicher sein! Die Billerbacher haben eine unheimlich kampfstarke Truppe und sind auf allen Positionen wahnsinnig gut besetzt. Bildet euch mal bloß nichts ein!«

»Heh, woher willst du das denn wissen?« fragte das strohblonde Mädchen. »Bist du etwa einer von den Billerbachern?«

Nun wurde es brenzlig, und da schaltete Tobi sich ein, denn er erkannte das Wutgeflacker in Uwes Augen.

»N-n-n-nein!« sagte er rasch. »Der ist keiner von den Billerbachern. Wir haben das nur gehört, daß die jetzt so tolle Spieler haben.«

»Vor allem einen gefährlichen Mittelstürmer!« knurrte Uwe.

»Und einen unüberwindbaren Torwart!« fügte Tobi rasch hinzu.

»Von dem hab ich schon gehört«, sagte da einer der Havixbacher. »Der muß wirklich große Klasse sein. Ich glaube, Mehmet heißt der.«

Das war ein Tiefschlag! Vor Tobis Augen flimmerte es, die Bienen im Bauch surrten wie Düsenflieger, die Kinnlade klappte herunter. Tobi hatte es die Sprache verschlagen. Mehmet! Das war eine ungeheure Beleidigung. Der unüberwindbare Torwart hieß nicht Mehmet. Der hieß Tobi! Tobi! Tobi! – Tobi, die Torwartkatze!

»So, Schluß mit dem Hundezirkus!« rief der Sportlehrer. »Das Training geht weiter.« Er ließ wieder die Trillerpfeife schrillen.

Auf der Heimfahrt wurde Tobi von der Frage gequält: Wer ist der bessere Torwart? Mehmet oder ich? Ein Duell! Das war die Lösung.

Duell im Mondschein

Niemand durfte von diesem geheimen Zweikampf erfahren. Das war für Tobi sonnenklar. Sollten die anderen Fußballer etwa über ihn spotten? Niemals!

Aber zwei Jungen außer Tobi mußten natürlich in das Geheimnis eingeweiht werden, denn sie sollten ja mitmachen. Mehmet und Uwe nämlich. Die beiden staunten erst einmal Bauklötze, als Tobi sie fragte, ob sie mithelfen wollten, den besten Torwart der Billerbacher Schülermannschaft zu ermitteln.

»Aber wir zwei sind doch die Torleute!« rief Mehmet aus. »Sind wir nicht beide gut?«

»Pssst!« mahnte Tobi, denn er wollte nicht, daß die anderen Kinder, die jetzt in der großen Pause auf dem Schulhof herumtollten, den Geheimplan erführen. »Leise sprechen! Klar, Mehmet, wir sind beide gut. Aber es läßt mir keine Ruhe, wirklich, es macht mich fast krank: Wer von uns ist der bessere Torwart?«

»Ich schätze, das hängt von der Tagesform ab«, sagte Mehmet.

Tobi war mit dieser Antwort aber nicht zufrieden. »Wir müssen es ausprobieren. In einem knallharten Torwart-Duell. Ich will die Wahrheit wissen. Uwe soll der neutrale Tester sein. Er muß uns abwechselnd was auf den Kasten knallen – und dann soll sein Urteil entscheiden. Wißt ihr, daß es bei den Germanen so etwas wie ein Gottesgericht gab?«

Uwe tippte sich an die Stirn. »Du hast doch 'n Rad ab, Tobi! So ein kleines Torwarttraining muß man ja wohl nicht gleich Gottesgericht nennen. Aber spannend wär's ja schon, euch beiden mal so richtig auf den Zahn zu fühlen. Also, ich wär dabei.«

Mehmet nickte nur fröhlich, und das sollte bedeuten, daß auch er mitmachen wollte. Zuerst einmal schworen die drei Jungen feierlich, daß sie kein Sterbenswort über das heimliche Duell an andere Kinder weitersagen würden. Dem Verräter solle die Hand verdorren, erklärte Tobi. Dann kamen sie überein, daß man solch einen Test am besten dann macht, wenn niemand zuschauen kann, nämlich spät am Abend. Sie entschieden sich für den Platz der Oberbillerbacher, weil der einsamer lag. Den Fußball würde Uwe mitbringen, denn er verwahrte ja auf seinem Kleiderschrank all die Bälle, die die Unterbillerbacher früher gegen die Oberbillerbacher gewonnen hatten.

»Ich kann mich heimlich aus dem Haus verdrücken«, meinte Mehmet. »Am Regenrohr rutsche ich runter. Das merkt keiner.«

»Ich flutsche durchs Kellerfenster«, sagte Uwe.

»Für mich ist das sowieso kein Problem«, verkündete Tobi ziemlich hochnäsig, als wäre es für ihn etwas Alltägliches, daß er im Dunkeln das Haus verließ. »Okay, dann bis heute abend!«

Der Schulgong tönte ping-pang-pong. Die Pause war beendet.

Tobi hatte es vor Uwe und Mehmet nicht zugegeben, daß er ein ganz dickes Problem zu lösen hatte, wenn er spät am Abend heimlich aus dem Haus schlüpfen wollte. Das Problem hieß Ben. Der Boxer hatte seinen Schlafplatz nämlich unten in der Küche. Durch die Haustür konnte Tobi also nicht entwischen. Doch er hatte eine Idee. Die Leiter!

Im Kirschbaum lehnte eine lange Holzleiter. Die stellte Tobi am Abend, als Thea und Bodo und Cordula Bosse zur Tagesschau vor dem Fernsehgerät hockten, heimlich so an die Hauswand, daß er sie von seinem Zimmerfenster aus erreichen konnte. Später nahm Tobi an der Pokerrunde der Familie Bosse teil, hatte eine tolle Gewinnsträhne und gewann von den Mitspielern jede Menge Streichhölzer. Dann täuschte er schreckliche Müdigkeit vor und gähnte wie ein Löwe. »Ich glaube, ich muß dringend ins Bett!«

Verblüfft fragte die Mutter: »Bist du etwa krank?«

»Wahrscheinlich hat er sich überfressen«, erklärte Cordula.

»Von wegen!« Tobi protestierte voll Empörung. »Ich halte mich haargenau an die Ernährungsanweisungen meiner Konditionstrainerin. Ist doch Ehrensache.« Tobi wurde kein bißchen rot beim Schwindeln.

Er stapfte zu seinem Zimmer hinauf und verschloß die Tür hinter sich. Dann wartete er, bis er ganz sicher war, daß die Familie ihn in Ruhe lassen würde. Von Boxer Ben war nichts zu hören. Wahrscheinlich träumte er auf seiner Matratze bereits aufregende Hundeträume. Behutsam zog Tobi sich sein Torwartzeug an und kletterte lautlos wie ein Apache auf die Fensterbank.

Puh, ganz schön tief! dachte Tobi.

Mit etwas zittrigen Fingern griff er nach der Leiter, turnte mit leicht wabbeligen Knien auf die Sprosse, die er vor sich sah, und bewegte sich dann ganz langsam zum Rasen hinunter. Bloß jetzt kein Geräusch! Aber dann pikste ihn ein Rosendorn in den Popo, und vor Schreck ließ Tobi die Leiter los. Wumm!

Torwartkatze Tobi purzelte ins Gras und machte dabei wirklich keine gute Figur. Ein Segen, daß das die Zuschauer nicht sahen! Verschämt richtete Tobi sich auf. Das fing ja prima an! Er lauschte. Nein, im Haus hatte offenbar niemand etwas von seinem Fall bemerkt. Also, nichts wie hinauf zum Fußballplatz!

Das war ein seltsames Gefühl, als Tobi dann mutterseelenallein am Rande des Spielfeldes im Gras kauerte. Es war noch nicht richtig dunkel, doch der Vollmond wirkte wie eine Flutlichtanlage. Im Wäldchen klagte ein Käuzchen, weiter weg gurrten schläfrige Wildtauben, im Unterholz raschelte es. Mäuse oder Ratten oder gar Marder? Tobi schüttelte sich. Etwas unheimlich war das schon!

Doch dann erschienen Uwe und Mehmet am Ende des Wiesenweges. Erleichtert hüpfte Tobi auf die Beine. Die Stunde des Duells war gekommen!

»Hallo!« rief Uwe. »Kein langes Gequatsche! Mehmet stellt sich als erster in den Kasten. Der Härtetest kann beginnen. Heh, Tobi, wieso trägst du denn bei Mondschein deine Mütze? Ich denke, das Ding soll gegen Sonnenlicht schützen?«

»Die Mütze ist mein Markenzeichen«, sagte Tobi lässig.

Mehmet nahm also Aufstellung im Tor. Fliegender Fisch: So wurde er genannt. Und Mehmet machte seinem Spitznamen alle Ehre, das mußte Tobi neidlos zugeben. Wie ansatzlos Uwe seine Schüsse auch abfeuerte, wie raffiniert er den Ball auch schlenzte, wie stark er die Aufsetzer auch anschnitt: Mehmet hechtete und fing und faustete, tauchte in die Ecken und sprang in die Winkel, daß es eine Pracht war. Klar, manchmal war selbst er machtlos gegen Uwes Knaller, doch dies bewies sich eindeutig: Mehmet war Spitze!

Tobi löste den schwitzenden und prustenden Mehmet ab. Auch er bewies, daß er seinen Namen mit Recht trug. Wie eine Katze erwartete er Uwes Angriffe, warf sich dem Anstürmenden in den Schuß, verkürzte geschickt den Winkel, parierte wuchtige Fernschüsse und getrickste Heber. Auch Tobi hielt, was noch eben zu halten war. Dann ließ er sich erschöpft ins Gras fallen.

Das Mondscheinduell der Torsteher war zu Ende.

Uwe verkündete das Urteil: »Mehmet kriegt 'ne Eins plus, Tobi kriegt auch 'ne Eins plus. Tut mir leid, ich hab es nicht rausgefunden, wer von euch der bessere Keeper ist. Laßt den Trainer entscheiden! Und jetzt will ich endlich ins Bett.«

Also nagte die Frage weiter an Tobis Torwartherz: Mehmet oder ich? Das änderte sich auch nicht bei den Trainingseinheiten der folgenden Tage. Dreimal durften sie auf dem großen Spielfeld der Havixbacher Schule trainieren. Das war aufregend! Aber leicht war die Umstellung auch nicht. Michael und Cordula wurden sich bald einig über die Besetzung der wichtigsten Positionen der Billerbacher Elf. Ja, endlich eine Mannschaft aus elf Spielern!

Doch Tobi quälte sich weiter mit der Frage: Wer ist der bessere Torwart?

Die blauen Stürmer

Der große Tag! Die Billerbacher Spielerinnen und Spieler hatten diesem Ereignis entgegengefiebert, sie fühlten sich fit, sie konnten es kaum erwarten. Nun war der große Tag gekommen: Billerbacher gegen Havixbacher! Sogar die Zeitung hatte dieses Fußballspiel groß angekündigt.

Am frühen Nachmittag versammelten sich Spielerinnen und Spieler, Mitschüler und Fans, Eltern und Bekannte und viele Neugierige vor der Schule. Busunternehmer Hielscher hatte kostenlos drei Schulbusse für die Fahrt nach Havixbach zur Verfügung gestellt. Auch Bürgermeister Wieling und mehrere Frauen und Männer aus dem Stadtrat waren gekommen. Alle sollten Die rosa Teufel unterstützen und anfeuern. Selbst Frau Lienenbeck schwenkte ein rosa Fähnchen. Die Busse rollten an.

Elisabeth, Pitter, Trude, Mehmet, Stöpsel, Bogdan, Rita und die anderen aus der Mannschaft zappelten vor Aufregung auf ihren Sitzen. Jonas verschluckte

seinen Kaugummi, Uwe kaute an den Fingernägeln, Tobi spürte das Heer der Bienen in seinem Bauch.

Trainer Michael gab sich sehr gelassen. Er holte einen Zettel aus der Hosentasche und verkündete die Mannschaftsaufstellung für den Spielbeginn. Mit dem Trainer der Havixbacher war vereinbart worden, daß jede Mannschaft nach Belieben auswechseln durfte, denn alle sollten ja an die Reihe kommen, niemand mußte ausgeschlossen werden. Sie waren sich einig, die Trainer: Fußballspielen soll vor allem Freude machen.

Michael rief gegen das Brummen des Motors an: »Also, in der ersten Halbzeit spielt Mehmet im Tor. Tobi ist nach dem Seitenwechsel an der Reihe. In der

Verteidigung beginnen Pitter, Trude, Jonas als Libero . . .«

Tobi hörte nicht weiter zu. Tobi ist nach dem Seitenwechsel an der Reihe: Das war Musik in seinen Ohren. Gewiß, ursprünglich hatte er sich ja vorgestellt, daß er eindeutig die Nummer eins zwischen den Pfosten sein würde und daß Mehmet allenfalls als Ersatztorwart in Frage käme. Diesen Gedanken hatte Tobi sich inzwischen abgeschminkt. Aber daß er nun in der zweiten Halbzeit das Tor hüten sollte, war das nicht ein Beweis dafür, daß der Trainer ihm das größere Vertrauen schenkte? Die zweite Halbzeit war wichtiger als die erste, das wußte doch jeder! In der zweiten Halbzeit würde sich das Spiel entscheiden, und dann kam Tobi, die Torwartkatze, aufs Spielfeld! Hah!

Doch Tobis wunderbare Fußballträume zerplatzten erst einmal wie Seifenblasen. Die Mannschaften hatten sich zum Einlaufen in langen Reihen am Spielfeldrand aufgestellt. Mehr oder weniger rosa gekleidet waren die Kicker aus Billerbach, einheitlich in strahlendem Blau mit einem weißen Stierkopf auf der Brust und der Aufschrift *Münsterland-Würstchen* erschienen die Havixbacher. Also wurden sie wirklich von einer Metzgerei gesponsert!

Wahrscheinlich war es ein Großbetrieb, der ihnen die Trikots spendiert hatte. Schiedsrichter war ein Lehrer aus der Kreisstadt, denn es sollte ja sportlich und neutral zugehen. Er trabte mit den Linienrichtern los, die Mannschaften folgten ihm zum Mittelkreis. Aber dann! Dann fielen Tobi fast die Augen aus dem Kopf.

Das durfte doch nicht wahr sein!

Dann eilten nämlich die Zeitungsfotografen auf den Platz. Die beiden Mannschaften gingen zusammen mit ihren Trainern für die Pressefotos in Posi-

tion: stehend, kniend, liegend. Und alle grinsten fröhlich in die Kamera.

Und da begriff Tobi, was man ihm antat. In allen Zeitungen der Gegend würden am nächsten Tag die Mannschaftsfotos erscheinen – und er war nicht dabei! Die Elf der ersten Halbzeit würde in der Zeitung zu bewundern sein. Darunter würden die Namen der Spielerinnen und Spieler genannt werden.

Das Bild und den Namen von Supertorwart Tobi Bosse würde man vergeblich in der Zeitung suchen,

auch wenn dieser Torwart zur spielentscheidenden Gestalt werden sollte.

»So eine Gemeinheit!« flüsterte Tobi vor sich hin. Tränen schossen ihm in die Augen, er sah alles ganz verschwommen. »Wie kann die Welt nur so ungerecht zu mir sein?«

Während Tobi noch über die Schändung seiner Torwartehre nachgrübelte, war das Spiel bereits angelaufen. Es zeigte sich bald, daß die Kinder im blauen Dreß, die ja viel besser an das große Spielfeld und an das Mannschaftsspiel mit elf Akteuren gewöhnt waren, in allen Belangen überlegen waren. Sie kombinierten zügiger und trickreicher, gewannen die meisten Zweikämpfe, überwanden schneller das Mittelfeld und brachten ihre Stürmer wieder und wieder in gute Schußpositionen. Ja, die blauen Stürmer, die erwiesen sich als wieselflink, schußgewaltig und brandgefährlich. Torwart Mehmet geriet mächtig unter Druck, weil seine Vorderleute nervös wie die Hasen herumsprangen und ihre Gegenspieler nicht halten konnten.

Als wieder ein Angriff auf das Tor der Rosa Teufel rollte, wußte Pitter sich nicht anders zu helfen, als dem gegnerischen Außenstürmer geradezu blind mit den Füßen voran in die Beine zu springen und

ihn brutal zu Fall zu bringen, obwohl der Ball längst abgespielt war.

Michael tobte am Spielfeldrand. »Pitter, du Idiot! Kannst du nicht fair spielen? Noch einmal so ein Scheiß, und ich wechsel dich sofort aus!«

Selbstverständlich hatte der Schiedsrichter längst auf Freistoß entschieden. Der Pfiff. Eine Havixbacher Spielerin schaufelte den Ball hoch in den gegnerischen Strafraum. Ein Kopfstoß aus großem Gewühl heraus. Und – zack! – zappelte der Ball im Netz der Billerbacher. Die Kicker in den blauen Trikots rissen jubelnd die Arme hoch, Die rosa Teufel ließen die Köpfe hängen.

»Laßt euch nicht einseifen!« rief Cordula ermunternd. »Noch ist nix verloren!«

»Zieht das Spiel mehr auseinander!« signalisierte Michael, als seine Stürmer sich im Mittelkreis zum neuen Anstoß aufstellten. »Nutzt die Breite des Platzes! Setzt die Außenstürmer ein!«

Allmählich legten einige ihre Aufgeregtheit ab. Jonas organisierte die Abwehr inzwischen etwas übersichtlicher, Elisabeth fand zu alter Form zurück und fütterte die Stürmer mit gekonnten Pässen aus dem Mittelfeld heraus, Uwe und Fuzzi Ralf kamen endlich zu ersten Schüssen auf das Tor der Havixbacher. Doch nach einem Eckstoß kassierten Die rosa Teufel das zweite Tor. Mehmet war schuldlos. Den gespitzelten Ball konnte er nicht mehr erreichen. 2:0! Das war auch der Spielstand zur Halbzeit.

Michael redete beruhigend auf seine enttäuschte Mannschaft ein. Er machte Mut, erklärte überraschende Spielzüge, gab taktische Anweisungen,

wies die Auswechselspieler ein und stellte in einigen Positionen um. »Stöpsel, willst du's mal auf der linken Sturmseite versuchen? Du bist doch schnell.«

»Klar!« Stöpsel lächelte selig.

Cordula versorgte die Spielerinnen und Spieler, die schwitzend im Gras saßen und den Erklärungen des Trainers lauschten, mit Zitronentee und Mineralwasser ohne Kohlensäure. Sie verpflasterte auch das eine und andere Bein. »Nicht verkrampfen!« mahnte sie.

»So, Tobi, jetzt wird's ernst für dich«, sagte Michael. »Wenn du auch so eine Klasseleistung bringst wie Mehmet, dann bin ich zufrieden. Vergiß nicht, du spielst für die Mannschaft und nicht für die Zuschauer!«

Tobi spürte, wie ihm das Blut ins Gesicht schoß. Er nickte.

Jetzt steckten Die rosa Teufel die Köpfe zusammen und stimmten ihren Kampfruf an:

»Eins-zwei-drei-vier!
Superchampions, die sind wir!
Fünf-sechs-sieben-acht!
Alle werden plattgemacht!«

Dann ging es für Tobi schnell wie im Zeitraffer. Der Schiedsrichter pfiff die zweite Spielhälfte an, die Angriffe der Havixbacher brandeten erneut gegen das Tor der Billerbacher. Jonas drehte sich zu Torwart Tobi um und zeigte ihm die geballte Faust, das sollte heißen: Jetzt packen wir den Gegner.

Tobi ließ sich von der Begeisterung anstecken. Er wippte in den Knien, stand sprungbereit wie eine Feder und schimpfte flüsternd vor sich hin: »Heh, du doofer Torwartclown, hör auf, die beleidigte Leberwurst zu spielen! Ob dein Mondgesicht morgen in der Zeitung erscheint oder nicht, das ist doch völlig schnuppe. Es geht um die Mannschaft und nicht um die Zeitungsleser. Jetzt zeig mal, ob du wirklich eine Torwartkatze bist!«

Kaum hatte Tobi seine Selbstvorwürfe beendet, da

bekam er die erste Gelegenheit, sein gutes Stellungsspiel zu beweisen. Eine scharfe Flanke peitschte von rechts vor sein Tor, doch bevor ein gegnerischer Spieler hochsteigen konnte, hatte Tobi den Ball schon mit den Fingerspitzen ins Seitenaus gelenkt.

Ja, Tobi lief zu großer Form auf. Er fing Volleyschüsse, fischte Kopfbälle aus den Winkeln, meisterte Aufsetzer und klärte faustend aus dem Getümmel in seinem Strafraum zur Ecke. Dreimal, viermal hechtete er in gefährliche Vorlagen hinein. Ein Scharfschuß traf seine Magengrube so heftig, daß ihm fast schlecht wurde.

Tobi hörte Michaels Rufe vom Spielfeldrand: »Fummelt nicht so lange in der Abwehr rum!« – »Raus mit dem Ball auf die Flügel!« – »Lauft euch frei, bietet euch an!« – »Uwe, früher schießen!«

Aber da waren die blauen Stürmer!

Tobi konnte nur staunen, wie sie sich vor seinem Tor gegenseitig in Schußposition brachten und die Abwehr mit dem Libero Jonas durcheinanderwirbelten. Die blauen Stürmer waren für die Billerbacher Verteidiger einfach zu stark.

So kam es, wie es kommen mußte. Zweimal landete der Ball in Tobis Tor. Beim ersten Mal wurde ein wuchtiger Flachschuß von irgendeinem Bein abgefälscht, und so hechtete Tobi in die falsche Ecke. Beim zweiten Treffer hatten die blauen Stürmer mit zwei, drei Doppelpässen die Hintermannschaft der Rosa Teufel leichtfüßig überwunden, und als sie dann plötzlich vor Tobi auftauchten, konnten sie sich sozusagen die Ecke aussuchen. Entsetzt starrte Torwart Tobi dem Ball nach, der über die Torlinie kullerte.

»War nicht deine Schuld, Tobi!« tröstete Rita.

Tobi dachte: Jetzt hat Mehmet zwei Tore kassiert, und ich habe zwei Tore kassiert. Steht's also immer noch unentschieden zwischen ihm und mir? Doch während Tobi noch grübelte, gellten vom gegnerischen Tor Freudenschreie herüber.

»Ein Tor für uns!« jubelte Jonas und warf die Arme hoch.

Ja, ein Tor für die Billerbacher! Elisabeth hatte eine Flanke von Uwe aufs Tor geköpft, der Ball war von der Latte abgesprungen, genau vor Fuzzi Ralfs Füße – und der fackelte nicht lange.

Aber dann, kaum war der Jubel verklungen, schrillte der Schlußpfiff.

Aus. Vorbei.

Tobi dachte: Das kann doch nicht wahr sein! Hat

der Schiri zu früh abgepfiffen? Wirklich, für Tobi war alles so schnell wie im Zeitraffer abgelaufen.

Die Spielerinnen und Spieler in den blauen Trikots mit der Würstchenwerbung auf der Brust lachten fröhlich und schüttelten den Unterlegenen freundschaftlich die Hände. Die Havixbacher Zuschauer klatschten Beifall und kreischten laut ihr Hurra.

Mit gesenkten Köpfen trotteten die Billerbacher zum Abschiedsgruß zur Mittellinie. Einige hatten Tränen in den Augen. So viel Mühe hatten sie sich gegeben, und nun waren sie doch die Verlierer. 1:4! Was für eine Packung! Tobi fühlte sich tausend Jahre alt. Enttäuscht zerknubbelte er seine Torwartmütze.

Doch da kam Trainer Michael gelaufen und lachte über das ganze Gesicht. »Heh, heh, ihr trüben Tassen! Seid ihr hier auf 'ner Beerdigung? Hoch die Köpfe, los! Ihr habt zum ersten Mal in eurer gemeinsamen Klassenmannschaft gespielt und zum ersten

Mal auf so einem großen Spielfeld. Und gegen das eingespielte Team der Havixbacher habt ihr bloß vier Törchen eingesteckt. Und sogar ein Ehrentor habt ihr geschossen! Das war doch ein toller Anfang. Leute, ihr könnt stolz sein auf eure Leistung!«

»Schaut nur«, rief Cordula, »wie die Billerbacher Fans euch zujubeln! Klasse habt ihr gespielt, ehrlich!«

Tobi wollte es zuerst kaum glauben. Ja, wirklich, die Zuschauer aus Billerbach jubelten ihnen zu. Bürgermeister Wieling hatte sogar seinen Hut gezogen. Lehrerin Lienenbeck schwenkte begeistert ihr Fähnchen. Da hörten die Bienen in Tobis Bauch auf zu summen.

Auf einmal stand Mehmet neben dem verschwitzten Tobi und legte ihm die Hand auf die Schulter. »Du bist ein verdammt guter Torwart, Tobi!« Mehmet lachte.

»Du bist auch ein verdammt guter Torwart, Mehmet!« Tobi lachte auch. »Unsere Mannschaft kann froh sein, daß sie uns hat.«

»Das kann sie wirklich«, sagte Mehmet.

Seltsam, dachte Tobi, wir haben verloren, aber eigentlich war es keine Niederlage. Jeder hat so gut gespielt, wie er konnte. Alle haben geracker und gekämpft, niemand hat gekniffen. Wenn das kein starkes Erlebnis war, dann will ich Donald Duck heißen! Aber wie geht es nun weiter? Darüber brauchte Tobi aber nicht lange nachzugrübeln.

»Hört mal alle her!« rief Trainer Michael. »Den Anfang haben wir ziemlich gut geschafft, aber da muß es natürlich eine Fortsetzung geben. Was haltet ihr von einem Rückspiel?«

Ein Rückspiel? Da ging auf einmal ein Ruck durch die verschwitzte und erschöpfte und betrübte Truppe. Ein Rückspiel, ja, das war ein Ziel, auf das man sich freuen konnte! Da wachten Die rosa Teufel aus ihrer Traurigkeit auf, da konnten sie wieder ein bißchen lachen, da verschwand die Enttäuschung aus ihren Gesichtern, da guckten einige schon wieder mutig, als könnten sie's kaum erwarten.

»Jaaa! Ein Rückspiel!« Das hörte sich fast wie ein Jubelschrei an.

»Noch vor den großen Ferien?« fragte Michael.

»Klaaar! Noch vor den großen Ferien!«

»Da müssen wir aber gewaltig trainieren«, sagte Cordula.

»Das machen wir auch!« rief Tobi. »Und wenn wir so richtig zusammenhalten und wenn wir ganz raffinierte Spielzüge einüben und wenn wir dann noch besser in Form sind und wenn wir dann kein bißchen Schiß mehr haben vor den Havixbachern und wenn wir ganz schlaue Abseitsfallen bauen und wenn wir . . .«

Tobi wußte nicht mehr weiter.

Da rief Uwe: »Und wenn wir dann mehr Tore schießen als die anderen, dann haben wir gewonnen!«

»Blitzmerker!« kreischte Stöpsel.

Obwohl niemand sie dazu aufgefordert hatte, bildeten Die rosa Teufel plötzlich einen Kreis und riefen:

»Eins-zwei-drei-vier!
Superchampions, die sind wir!
Fünf-sechs-sieben-acht!
Alle werden plattgemacht!«

Tobi schrie am lautesten von allen. Das starke Gefühl! Er freute sich auf das Training mit der Mannschaft, auf das Torwartduell mit Mehmet, auf das Rückspiel gegen die blauen Stürmer und auf alle die vielen Fußballspiele, die noch vor ihm lagen. Tobi, die Torwartkatze! Er schaute in die Wolken und sah sich hechten und fangen und fausten und fliegen. Was für tolle Aussichten!

Tobi grinste Mehmet an. »Mann, hab ich vielleicht einen Hunger!«

Tobi – immer am Ball

Jo Pestum
Tobi und die rosa Teufel

Tobi und seine Schwester sind eine echte Bereicherung für die Oberbillerbacher Kicker! Um ungewöhnliche Einfälle sind sie jedenfalls nicht verlegen. So wird der Hund Ben beim Konditionstraining eingesetzt, und Gartenzwerge müssen als gegnerische Spieler ausgetrickst werden... Und dann kommt es zum Spiel der Spiele!
Der erste Band über Tobi und seine Freunde, voller witziger Einfälle und nicht nur für fußballbegeisterte Mädchen und Jungen.
94 Seiten, mit vielen Illustrationen.
DM 16,80. Ab 8

Arena

JO PESTUM

Jo Pestum

Jonas der Rächer

»Ich bin von dem doofen Opa Poppe beleidigt worden!« schimpft Eva. – »Und ich von zwei Marktfrauen!« motzt Kerstin. Und weil auch Linus von einem Erwachsenen beleidigt worden ist, schmieden alle drei Rachepläne und engagieren Jonas, den coolen Rächer für alle Gelegenheiten.

Der Feldzug von Jonas und der kleinen Truppe ist turbulent und witzig; aber so ganz nebenbei merken die Kinder sogar, daß Erwachsene auch Menschen sind, irgendwie jedenfalls…

72 Seiten. Gebunden.

Zahlreiche farbige Illustrationen. Ab 8